Une bonne pêche pour
M. MÉLI-MÉLO

Une bonne pêche pour M. MÉLI-MÉLO

Roger Hargreaves

HACHETTE
Jeunesse

Ce jour-là, monsieur Méli-Mélo était tout content : madame Tête-en-l'Air l'avait invité à la pêche au bord de la mer.

Avant de partir, il s'assit à sa table et fit la liste de tout ce dont il aurait besoin.

Une liste ! Tu n'en reviens pas, n'est-ce pas ?

Monsieur Méli-Mélo avait-il subitement décidé que c'en était fini avec les mélis-mélos ?

En allant acheter ce qui lui manquait pour pêcher, monsieur Méli-Mélo songea à une comptine qu'il aimait bien, lorsqu'il était petit : « Un pêcheur sachant pêcher mit ses chaussettes à sécher sur… sur quoi ? Sur le pont d'Avignon ? Non, c'était en passant par la Lorraine, peut-être ? »

Eh bien non, Monsieur Méli-Mélo n'a pas fini de faire des mélis-mélos !

Arrivé chez le poissonnier, il lui demanda :

– Bonjour, monsieur le poissonnier, auriez-vous des asticots tout frais, s'il vous plaît ?

Celui-ci le regarda d'un air éberlué.

Ensuite, monsieur Méli-Mélo s'en alla attendre le bus.

Quand le bus s'arrêta, sais-tu ce que monsieur Méli-Mélo demanda au conducteur ?

Un sandwich au fromage avec des cornichons.

Et de la mayonnaise à la fraise !

Quel incorrigible distrait !

Monsieur Méli-Mélo arriva finalement au bord de la mer.

– Il me semble bien que j'ai rendez-vous avec quelqu'un ! se dit-il. Mais qui ? Ça alors ! Je ne sais plus !

Il réfléchissait et réfléchissait, mais il ne parvenait pas à se souvenir de la personne avec qui il avait rendez-vous.

L'arrivée de madame Beauté le tira de ses pensées.

– Coucou ! Comment me trouvez-vous, monsieur Méli-Mélo ? s'exclama-t-elle. Éblouissante, n'est-ce pas ?

– Divine, ma chère ! Est-ce que vous m'attendiez ?

– Non, je perfectionnais mon bronzage. Ah, j'ai une idée. Si nous allions à la patinoire ? Il y a justement une compétition.

Monsieur Méli-Mélo fit quelques pas sur la piste, aux accents d'une jolie méli-mélodie.

– Je ne sais pas ce qui se passe, mais ça glisse ! Au secours, madame Beauté ! cria-t-il bientôt en s'accrochant désespérément à sa canne à pêche.

À ton avis, que faisait madame Beauté ? Elle évoluait avec grâce et majesté sur la glace…

Soudain, madame Beauté s'élança vers monsieur Méli-Mélo et l'entraîna dans un méli-mélo de figures acrobatiques.

Pirouettes, arabesques, axels, doubles et même triples axels se succédèrent à une vitesse effrénée.

Ce fut un véritable triomphe !

9
9
9
9

– Et maintenant, voici deux nouveaux concurrents : monsieur Farfelu et madame Tête-en-l'Air, annonça le présentateur.

Monsieur Farfelu et madame Tête-en-l'Air ! Tu les avais reconnus, n'est-ce pas ?

Tu connais le proverbe : plus on est de fous, et plus on rit !

Monsieur Méli-Mélo, madame Beauté, monsieur Farfelu et madame Tête-en-l'Air étaient aussi fous les uns que les autres.

Donc…
… ils firent les fous sur la glace !
Et tout le monde éclata de rire !

Encouragés par les spectateurs, les patineurs s'élancèrent dans une farandole endiablée, ponctuée de savantes arabesques.

Et madame Beauté termina en beauté,
tomba sur la glace et resta accrochée
à la canne à pêche de monsieur Méli-Mélo.

À ton avis, qui remporta le concours de patinage ?
Nos quatre amis, bien sûr !

– J'ai gagné le concours du meilleur pêcheur !
s'écria monsieur Méli-Mélo en recevant la coupe.

Monsieur Méli-Mélo était tellement content que,
ce soir-là, il ne voulut pas se séparer de sa coupe.

Il dormit aussi avec ses patins à glace.
Comme ça, si madame Tête-en-l'Air l'invitait à nouveau à la pêche, il serait tout de suite prêt.

Monsieur Méli-Mélo serait-il en train de devenir quelqu'un d'organisé ?

Le lendemain matin, le téléphone sonna. C'était madame Tête-en-l'Air. Crois-tu qu'elle invita monsieur Méli-Mélo à la pêche ?

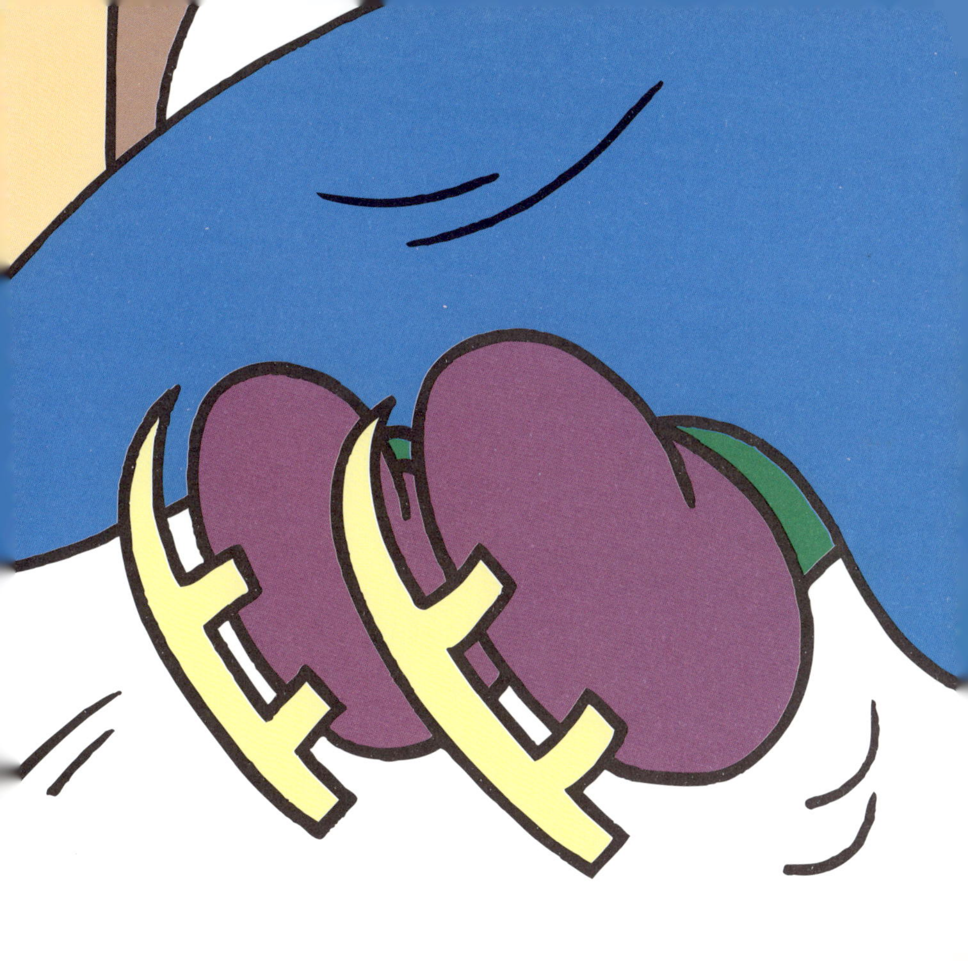

Non, bien entendu !

Elle l'invita à sauter en… pacharute, ou en… pachurate !
En parachute, quoi !

LA COLLECTION MONSIEUR
c'est aussi 48 personnages

1 M. CHATOUILLE · 2 M. RAPIDE · 3 M. FARCEUR · 4 M. GLOUTON · 5 M. RIGOLO · 6 M. COSTAUD · 7 M. GROGNON · 8 M. CURIEUX · 9 M. NIGAUD

10 M. RÊVE · 11 M. BAGARREUR · 12 M. INQUIET · 13 M. NON · 14 M. HEUREUX · 15 M. INCROYABLE · 16 M. À L'ENVERS · 17 M. PARFAIT · 18 M. MÉLI-MÉLO

19 M. BRUIT · 20 M. SILENCE · 21 M. AVARE

22 M. SALE · 23 M. PRESSÉ · 24 M. TATILLON

25 M. MAIGRE · 26 M. MALIN · 27 M. MALPOLI · 28 M. ENDORMI · 29 M. GRINCHEUX · 30 M. PEUREUX · 31 M. ÉTONNANT · 32 M. FARFELU

33 M. MALCHANCE · 34 M. LENT · 35 M. NEIGE · 36 M. BIZARRE · 37 M. MALADROIT · 38 M. JOYEUX · 39 M. ÉTOURDI · 40 M. PETIT

41 M. BING · 42 M. BAVARD · 43 M. GRAND · 44 M. COURAGEUX · 45 M. ATCHOUM · 46 M. GENTIL · 47 M. MAL ÉLEVÉ · 48 M. GÉNIAL

LA COLLECTION MADAME
c'est aussi 40 personnages

Adaptation : Josette Gontier
Dépôt légal n° 58926 - Juin 2005
ISBN : 2.01.224900.0 - Édition 01
Loi n° 49-956 du 16 juillet 1949 sur les publications destinées à la jeunesse.
Imprimé et relié en France par I.M.E.